一日の終わりの詩集

長田 弘

ハルキ文庫

角川春樹事務所

本文画　西淑

一日の終わりの詩集　目次

いま、ここに在ること

いま、ここに在ること

人生の材料

なにより脆い身体、そして
どこにあるかは知らないが
じぶんのうちにある魂
感情は信じられないが
感覚は裏切らないとおもう
生まれた土地を離れても
なまりののこる話す言葉
石に彫りこむように

単純さにむかって書く言葉
考えるとは、知恵の
悲しみを知ることである
百年の樹齢をもつ木の上の空
すべて目に見えないもの
明るい孤独でない自由はない
木の家　年老いた猫
冷たい水　あたたかな食べ物
音楽　繰りかえし引く辞書
忘れることをしたくない千冊の本
友人が死んだ日から生やしはじめた髭

一人の私は何でできているか？

記憶

三島クンは　川に墜ちて　死んだ
人生の最初の友人が　人生で知った
最初の死者だ　死という事実のほかは
三島クンのことは　何一つ　覚えていない
小川サンは　顔も表情も　覚えていない
紀子という名だけ覚えている　もう一人
背の高い女の子の優しい表情を　覚えている
けれども　その名は　覚えてもいない

坂の上の古い寺の　墓地での遊び
春の甘茶　たくさんの卒塔婆　夏の肝だめし
何もかも覚えている　いや何も覚えていない
大きな松の木　夏草の匂い　深い井戸
木の独楽を激しくぶつけて　日の暮れるまで
夢中になって遊んだのは　誰と　だったか
覚えていることは　ごくわずかなものだ
何も　覚えていない　おおくのもの
ほんとうに大事なものは　そのなかにある
十歳になるまえに　べつの町に越した
それから　幼い日の町に行ったことがない

一人の記憶は何でできているか？

深切

親切ということばは　信じられない
できれば　深切と　書きたい
そのほうがずっと　真実に感じられる
幼いころ読んだ　物語のなかで
覚えた語彙だ　なんでも
しッかり踏ンばッて　人に
いいかげんのことは　どうでもしない
深切は　ただそれだけだが　たかが

それだけのはずが　とんでもない
どうしてなかなか　至難のわざだ
おためごかしの　親切と
深切は　いッかな　ちがうのである
大人になって　不思議だったのは
深切という語彙を　誰も知らないし
誰も知ろうともしないことだった
大人になるとは　深切な人間に
なることだったはずである
いまは　よくよく思い知っている――
日本語は　もう　表意文字ではない

まだ信じられる語彙がいくつあるか？

愛する

動詞でなら言うことができる。
愛すると言うことができる。
うまく言いあらわせないことを、
動詞は言いあらわすことができる。
小さなものを愛する。緑なすもの、
花つけるものを愛する。梢に射す
午前の光りを愛する。古い木の椅子を
愛する。語るべきものをもちながら、

何もついに語ろうとしないものを愛する。
愛すると、動詞で言えることを、
しかし、名詞は言うことができない。
動詞があらわすものを、名詞は
あらわすことができない。愛という
名詞がきらいだ。名詞は名詞にすぎない。
愛するという動詞は、営為だ。
営為は、讃えず、否定しない。
人生は、不完全だ。
繰りかえし読むことのできる本。
繰りかえし聴くことのできる音楽。
一日が一日として感じられるような日。

16

愛すると言えるものがいくつあるか?

間違い

いつかはきっと
いつかはきっとと考える
いつかがくるまでは
実現されてもいないもの
かたちになっていないもの
いまここにないもののうちに
真実のなかでもっとも
真実なものがあるのだと信じる

いつかはきっと
いつかはきっとと思いつづける
それがきみの冒した間違いだった
いつかはない
いつかはこない
いつかはなかった
人生は間違いである
ある晴れた日の夕まぐれ
不意にその思いに襲われて
薄闇のなかに立ちつくすまでの
途方もない時間が一人の人生である

ひとの一日はどんな時間でできているか？

言葉

悲しみを信じたことがない。
どんなときにも感情は嘘をつく。
正しさをかかげることはきらいだ。
色と匂いを信じる。いつでも
空の色が心の色だと思っている。
黒々と枝をひろげる欅《けやき》の木、
夕暮れの川面の光り、
真夜中過ぎの月が、好きだ。

単純なものはたくさんの意味をもつ。
いくら短い一日だって、一分ずつ
もし大切に生きれば、永遠より長いだろう。
どこにあるかわからなくても、
あるとちゃんとわかっている魂みたいに、
必要な真実は、けっして
証明できないような真実だ。
人をちがえるのは、ただ一つ
何をうつくしいと感じるか、だ。
こんにちは、と言う。ありがとう、と言う。
結局、人生で言えることはそれだけだ。

一人の言葉は何でできているか？

魂は

悲しみは、言葉をうつくしくしない。
悲しいときは、黙って、悲しむ。
言葉にならないものが、いつも胸にある。
歎きが言葉に意味をもたらすことはない。
純粋さは言葉を信じがたいものにする。
激情はけっして言葉を正しくしない。
恨みつらみは言葉をだめにしてしまう。
ひとが誤まるのは、いつでも言葉を

過信してだ。きれいな言葉は嘘をつく。
この世を醜くするのは、不実な言葉だ。
誰でも、何でもいうことができる。だから、
何をいいうるか、ではない。
何をいいえないか、だ。
銘記する。——
言葉はただそれだけだと思う。
言葉にできない感情は、じっと抱いてゆく、
魂を温めるように。
その姿勢のままに、言葉をたもつ。
じぶんのうちに、じぶんの体温のように。

一人の魂はどんな言葉でつくられているか？

経歴

新しい町という名をもつ古い町。
新町という町で生まれた。
戦争がはじまった日は覚えていない。
戦争が終わった夏は覚えている。
奇妙な名の急坂の町に住んでいた。
御免町。もうご免だという名の町だ。
それから林檎畑の中の家で暮らした。
瀬上町。兎と暮らし、兎は死んだ。

宮下町。鶸《ひわ》と暮らし、鶸は死んだ。
成長は、死を置き去りにして、
知らない町へ引っ越すことだ。
東京馬橋。井草。氷川台。中台町。
「世にどんなに悪がはびころうとも、
やはり夜は静かで、美しいんだよ」
深夜、チェーホフを読みつづけた部屋。
宮前町。神山町。南青山。成田西。
そこにその家が、その町があった。
何もない。いまは何も、痕跡もない。
人生は、跡形もなく、生きることである。
隠れて生きよ。
どこにもない場所へ、次は引っ越す。

老年

誰に話しているのか、
それは問題ではないのだ。
あなたは話しつづけている。
もうずっと、話しつづけている。
話しつづけているが、あなたは
誰にも話しかけてはいない。
あなた自身に話しつづけているのだ。
八十年前に桜の木の下で夢みたこと。

五十年前の雨の日に泪《なみだ》したこと。
——さりとは陽気の町と
　住みたる人の申しき。
むかし好きだった物語の一節を、
あなたはよどみなく諳《そら》んじてみせる。
もっとも近しいのは、遠い時間だ。
目の前の世界は、もうすでに
どうでもいい世界になってしまった。
人生でしなければならないことはあと一つ。
ほとんど百年を、愚直に生きてきて、
そして、いま、あなたは
上手に死ぬことをもとめられている。

惜別

四十年、会うことがなかった。
四十一年目に、風の噂に聞いた、
きみは死んだと。——人はほんとうに死ぬ。
どこで、どんなふうに、生き急ぎ、
どんな死を、きみが死んだか、何も知らない。
知っているのは、きれいな微笑の少年だ。
四十年前までの、快活な一人の少年だ。
十五歳のきみは、百メートルを12秒４で走った。

十六歳。きみは月に一どずつ、きちんと
フランスとドイツの、同年齢の二人の少女に、
文通の、長い長い手紙を書きつづけた。
十七歳。きみは、沈丁花の匂いの広がる、
とてもばかげた、感傷的な物語を書く。
だが、十八歳のきみが捕らえられたのは、
シド・チャリシーの脚だ。この世で
信じられるのは何だ？　きみは、断じた。
美しい脚と、美しい旋律だけだ。——
きみではない。きみとともに死んだのは、
何者でもなかった、一人の、夢見る少年だ。
もうこれからは、ただ惜別の人生を覚えねばならない。

微笑だけ

風が冷たくなって、空が低くなった。
樹には影がない。雲だけが動いていた。
感覚が鋭くなった。季節が変わったのだ。
街で、友人を見かけたのは、その日だった。
幼い日の表情をのこした、懐かしい友人。
長い間会っていないのに、すぐにわかった。
名を呼ぼうとしたとき、人込みにまぎれて
遠い友人の姿は、すでに消えていた。

そのとき、思いだした。
もうとうに、友人は世を去っていた。
微笑だけがのこっていた。
キンモクセイの花の匂いがした。

陽がかげってきて、世界が暗くなった。
どこかで、木の枝の折れる音がした。
言葉はとうに意味をもたなくなった。
秋の日の終わり、たましいに
油を差すために、濃いコーヒーをする。
そのとき気づいた。そこに彼女がいた。
うつくしい長い細い指をもったチェロ弾き。
長い間会っていないのに、すぐにわかった。

声をかけようとして、思いだした。
もうとうに、彼女は世を去っていた。
微笑だけがのこっていた。
弦の静かな響きがひろがってきた。

微笑だけ。ほかには無い。
この世にひとが遺せるものは。

哀歌

鉛筆を使わなくなった。消しゴムも
使わなくなった。ずっと机上にあった
スタットラーの鉛筆削り器もなくなった。
万年筆の硬さが嫌いで、２Ｂの鉛筆が
好きだった。鉛筆の文字は柔らかかった。

ある日、幼い頃の、遠い友人の死を知った。
そのときは気づかなかった。だが、

後で気づく。深い喪失感がのこっていた。
どこでもない。故郷とは、激しく、私的に、
ただ夢中に生きた幼年時のことだった。

信じうる確かなものが、まだここにある。
ふっとそう思えるような一瞬もある。
たとえば、ショスタコーヴィチの
弦楽四重奏曲を、深夜、黙って聴きつづける。
もういまは、時代の言葉は感動を刻まない。

無くなったものなしには、何もないだろう。
わたしたちをつくったのは無くなったものだ。
存在しない魂なしに、存在はないように。

自由に必要なものは

不幸とは何も学ばないことだと思う
ひとは黙ることを学ばねばならない
沈黙を、いや、沈黙という
もう一つのことばを学ばねばならない
楡《にれ》の木に、欅の木に学ばねばならない
枝々を揺らす風に学ばねばならない
日の光りに、影のつくり方を
川のきれいな水に、泥のつくり方を

ことばがけっして語らない
この世の意味を学ばねばならない
少女も少年も猫も
老いることを学ばねばならない
死んでゆくことを学ばねばならない
もうここにいない人に学ばねばならない
見えないものを見つめなければ
目に見えないものに学ばなければ
怖れることを学ばなければならない
古い家具に学ばねばならない
リンゴの木に学ばねばならない
石の上のトカゲに、用心深さを
モンシロチョウに、時の静けさを

馬の、眼差しの深さに学ばねばならない
哀しみの、受けとめ方を学ばねばならない
新しい真実なんてものはない
自由に必要なものは、ただ誠実だけだ

空の下

黙る。そして、静けさを集める。
こころの籠を、静けさで一杯にする。
そうやって、時間をきれいにする。
独りでいることができなくてはできない。
静けさのなかには、ひとの
語ることのできない意味がある。
言葉をもたないものらが語る言葉がある。
独りでいることができなくてはいけない。

草の実が語る。樫《かし》の木の幹が語る。
曲がってゆく小道が語る。
真昼の影が語る。ジョウビタキが語る。
独りでいることができなくてはいけない。
時間の速度をゆっくりにするのだ。
考えるとは、ゆっくりした時間を
いま、ここにつくりだすということだ。
独りでいることができなくてはできない。
空の青さが語る。賢いクモが語る。
記憶が語る。懐かしい死者たちが語る。
何物もけっして無くなってしまわない。
独りでいることができなくてはいけない。
この世はうつくしいと言えないかもしれない。

41　いま、ここに在ること

幼いときは、しかしわからなかった。
この世には、独りでいることができて、
初めてできることがある。ひとは
祈ることができるのだ。

穏やかな日

やわらかな日差しが　道に
ひろがっている　疎らな木の影が
静けさのなかに落ちている　時間が
遠くから　澄んでくる　空が
おおきな視線のように感じられる
何もかもが　はっきりと
すぐ近くに見えてくるような
ありありとした感覚に

つよくとらえられて
立ちどまる
それから　気づく
何かに　語りかけられている
目のまえの風景を　深くしている
声　耳を被ってしか　聴こえない
ことば　目を覆ってしか
見えないもの　いたるところにいて
どこにもいない　誰か
いままで　気づかれなかった
そこにずっと　存在していたもの
それは　外側から聴こえてくるようで
ほんとうは　内側から聴こえてくる

いま、ここに在ることが
痛切に　しきりに　思われる
穏やかな日

マイ・オールドメン

緑雨のふふん

一つ、人の世、荒れにけり。
いとしき事なし。ゆかしき事なし。
かなしき事なし。いじらしき事もなし。
むちゃくちゃがとんだ鉢合わせする
世のさまを、馬鹿と言いはじめたら、
言いはじめた奴からが猶々《なおなお》の馬鹿野郎。
志を抱いて死す、さもしからずや。
物には退いて考えるということあり。

地球は橙のごとく円しと聞く。
試みに、身は外面に跳り出でて、錐を執《と》りて、
小さき孔を通さば、異常なる一大々音響の
そこより迸発《へいはつ》し来るものあらん。
千万億の人のササヤキ、ツブヤキの凝聚《ぎようしゆう》せるなり。
人は打明ける者に非ず、打明けうる者に非ず。
人は打明けざるによりて、世に立つなり。
考え考え年をとってゆくわれら、
つまりがタダの野郎なり。
今はいかなる時ぞ、いと寒《さぶ》き時なり。
頭を下げるはチト理屈に阿波の十郎兵衛、
屈託の絶える時なし。世の中は
あははに非ず。ふふんなり。

一人の意気地は何でできているか？

露伴先生いわく

世界は進歩してきたというが、
サテネ、そうとばかりも言えまいよ。
微妙なものア、ずんとほろびてきた。だが、
嘆くより、よくよく運命に思いを致すべきだろう。
運命とは時計の針の進行のことサ。一時の次に二時。
三時の次に四時。そうして、一日が去って一日が来て、
一月が去り一月が来て、春去り夏来て、秋去り冬が来て、
年去り年が来て、人生まれ人死し、地球成り、地球壊れる。

すなわち、それが運命サ。運命は、運不運とはちがう。
俗にいう運不運は、じつは幸福不幸福のことである。
幸福つまり幸せであるというが、それもちがうネ。
幸福は、じつは福である。福というのは、ソレ
自前手製のもの。忌憚なく言えば、愛です。
人の世の味わいは、愛の多少による。
花のゆたかに咲いているのも蝶の
軽く舞うのも、愛のすがただ。
何をもって貴しとするか。
ナニ人生はそれだけサ。

一人の夢は何でできているか？

鷗外とサフラン

緑の綫のような葉が叢《むら》がって出た。
水も遣《や》らずに置いたのに、
活気に満ちた、青々とした葉が
叢がって出た。物の
生ずる力は驚くべきものだ。
あらゆる抗抵に打ち勝って生じ、
伸びる。鷗外の、サフランの鉢の、
その、青々とした色！

鷗外は、つねに、孤独だった。
けれども、その孤独は、不思議にも
明るかったと、言わなくてはいけない。
ひとは最小限に生きるべきである。
「私」にできることは何か。青々とした
サフランの鉢に、たまさか新しい水を
遣ることである。只それだけである。
これがサフランという草と「私」との
歴史である。机にむかって
鷗外は書く。これまで、宇宙のあいだで、
サフランはサフランの生存をしていた。
「私」は「私」の生存をしていた。これからも
サフランはサフランの、「私」は「私」の

生存をしてゆくだろう。悲哀ではない。
矜持だ、ひとの生の、球根は。——

一人の孤独は何でできているか？

二葉亭いわく

イヤ　そうじゃないナ
肝心なのは　人そのものでなく
人が　人生に対する態度だネ
立派な人という　別ごしらえの
人間がいると思うのは　間違いサ
ありがたいものを　担ぎまわる
それじゃ　ダメだ　根底から
いったん疑ってかからねば

解ランのが　価値なンじゃないか
理屈に　理屈を積みかさね
積みかさねしても　つまりは
解らないものは　解らないのだ
で　じぶんに命令したわけサ
くたばってしまえ（二葉亭四迷）！
その心持ちに立って　せめても
正直の二字を　理想とする——
だが　とんとロンリー・ライフです
私は　二十世紀の文明は　みな
無意義になるんじゃないか　と思う

一人の希望は何でできているか？

頓首漱石

啓上。その後、御無沙汰。
家の猫が死んで、裏に墓ができた。
仏前に鮭一切れ、鰹節一碗をそなえた。
この頃はいかにしてこの長き月日を
塵の世に短く暮らしめさるるや。
下らぬ人間の充満する極楽よりも
豪傑の集まっている地獄がましなり。
世の中、一人の手でどうもなりようはない。

ないからして打ち死にする覚悟の次第。
行く所まで行き、行き尽いた所で
斃《たお》れるのである。人の世が恐ろしくては
肩身が狭くて生きているのが苦しかるべし。
何をしても、自分は自分流にするのが
自分に対する義務である。それで沢山である。
小生のつむじは直《なお》き事、砥《し》のごとし。
世の中が曲がっているのである。
今の世に神経衰弱に罹らぬ奴は、
いやはや二十世紀の軽薄に満足する
ひょうろく玉に候。頓首。

一人の手紙は誰に宛てて書かれるか?

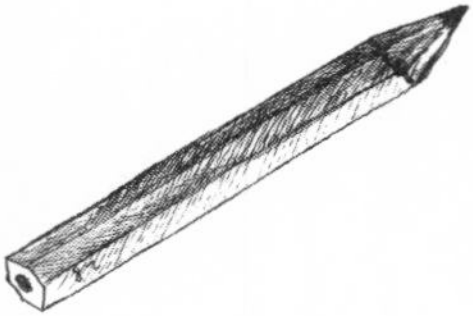

一日の終わりの詩

午後の透明さについて

ない。何もなかった。
何もなくなるまで、何も
気づかないでいるけれども、
人生は嘘ではなくて、無なのだった。
確かなものなどないのだった。
青空の下には、草花があった。
樹があり、木陰もあったのだった。
そうして夢もあったはずだけれども、

ない。何もなかった。
時は過ぎるというのは嘘なのだった。
時はなくなるのだった。
思いだすことなど何もないのだった。
新しいものは見知らぬものなのだった。
目を閉じなければいけないのだった、
見るためには。聞くためには、
耳をふさがなければならないのだった。
どこにも本当のことなどないのだった。
石にも、雨の音にも、音楽にも、
言葉にも意味があったはずだけれども、
ない。何もなかった。
われわれは何者でもないのだった。

微笑むべし。
海辺の午後の日差し。
砂州のかがやき。
水鳥の影。
人のいない光景のうつくしさ。

朱鷺

どこまでも深い雑木林がなくてはならない
栗の木が樫《かし》の木が椎《しい》の木がなくてはならない
森には年老いた古い木がなくてはならない
しーんとした時間のほかには何もない
梢のうえには、青い空がなくてはならない
なにより澄んだ空気がなくてはならない
生きるとは仲間とともに生きることだ
一緒に、おもいきり羽をひろげて

頸と足をまっすぐにのばして
直線に飛ぶことができなくてはならない
風切羽と尾羽のきれいな色が
朱鷺色だ、その鳥たちだけの色だ
冷たい谷の水、温かな水田の水
ドジョウとカエルと水辺の昆虫と草が好きだ
赤い顔に、長い嘴《くちばし》でついばみながら
泥のなかを静かに歩む
朱鷺という名の鳥たちは、もういない
めずらしい生きものがほろぶのではない
うつくしい風景がほろんでゆくのだ
深い雑木林も、古い森もほろんだ
生きとし生けるものは孤独になった

或る日、目を掩って、神はこう記すだろう
むかし、この国に、うつくしい鳥がいた
ニッポニア・ニッポンとよばれた鳥だ

新聞を読む人

世界は、長い長い物語に似ていた。
物語には、主人公がいた。困難があり、
悲しみがあった。胸つぶれる思いもした。
途方もない空想を、笑うこともできた。
それから、大団円があり、結末があった。
大事なのは、上手に物語ることだった。
何も変わらないだろうし、すべては
過ぎてゆく。物語はそうだったのだ。

今日わたしたちは、誰にも似ていない。
わたしたちの声は、声のようでない。
日々の事実が、日々の真実のようでない。
豊かさが、わたしたちの豊かさのようでない。
わたしたちは、わたしたちのようでない。
喋る。とめどなく。わたしたちはそれだけだ。
わたしたちの不幸は、不幸のようでない。
死さえ、わたしたちの死のようでない。

マザー・グースの曲がった歌のように、
曲がった人間が、曲がった道を百年歩き、
曲がった石段で、曲がった時間を見つけた。

曲がった猫は、曲がった鼠を追いかける。
曲がった時代は、曲がった歴史を追いかける。
曲がったひとつ屋根の下、
そうして、曲がったみんなで一緒に、
曲がった世紀を、曲がって暮らしてきたのだ。

怖くなるくらい、いまは誰も孤独だと思う。
新聞を読んでいる人が、すっと、目を上げた。
ことばを探しているのだ。目が語っていた。
ことばを探しているのだ。手が語っていた。
ことばを、誰もが探しているのだ。
ことばが、読みたいのだ。
ことばというのは、本当は、勇気のことだ。

人生といえるものをじぶんから愛せるだけの。

意味と無意味

うつくしいものはみにくい
慕わしいものは疎ましい
真剣なものはふざけたものだ
確かなものあるべきものはない
何でもあるしかし何もない
必要なものは不必要なものだ

くだらないものはすばらしい

すばらしいものはくだらない
もっとも賢いものはもっとも愚かなものだ
どんな出鱈目もけっして出鱈目ではない
本当でないことこそ本当のことだ
必要なものは不必要なものだ

正しさは間違いだ間違いが正しい
間違いをおかさぬものは誤たない
誤たぬものは悲しまない悲しまないものは
笑わない笑わないものは笑うものを憎む
憎むものは憎むことを憎むことができない
必要なものは不必要なものだ

意味に意味はない何も語らないために
語り何もまなばないためにまなぶ
読むとは読まないこと聴くとは
聴かないこと知っているとは
何一つ知らないということだ
必要なものは不必要なものだ

われわれ自身をわれわれは信じていない
われわれが得たもの得るだろうものは
すべて失ったもの失うだろうものだ
あなたは誰？　ではない問わるべきは
誰があなたなのか？　ということだ
必要なものは不必要なものだ

結ぶ言葉はない初めからなかった
大きな松の木の枝の一つずつに
百羽のカラスが飛んできて
百の黒い影をつくった
青空にほかならない
無　のなかに

Passing By

結局、わずかなものだ。
静けさ、身をつつむだけの。
率直さ、親指ほどの。
日が暮れる。一日が終わる。

大葉をのせた笊豆腐で、
冷酒を飲む。
あるいは、ブルーチーズを切り、

白ぶどう酒を飲む。

言葉を不用意に信じない。
泣き言は言葉とはちがう。
神を知らないので、
神にむかっては祈らない。

テーブルの上の猫。
黙って聴く音楽。
キム・カシュカシャンのヴィオラで、
ヒンデミットのヴィオラ・ソナタを聴く。

大きなぶなの木。

フクロウの影。
必要なだけの孤独。
澄んだ空気、せめてもの。

笑う。怒る。悲しむ。
それだけしか、
人生の礼儀は知らない。
ふりをする人間がきらいだ。

忘却の練習をしよう。
むかし、賢い人はそう言った。
何のために?
魂をまもるために。

結局、わずかなものだ。
いま、ここに在るという
感覚が、すべてだ。
どこにも秘密なんてない。

ひとは死ぬ。
赤ん坊が生まれる。
ひとの歴史は、それだけだ。
そうやって、この百年が過ぎてゆくのだ。

何事もなかったかのように。

『一日の終わりの詩集』二十五篇は、以下の紙誌に掲載された。「人生の材料」「記憶」「深切」「愛する」「間違い」「言葉」「魂は」「緑雨のふふん」「二葉亭いわく」「頓首漱石」は、一九九四年より二〇〇〇年までほぼ年頭に、「RENTAI」（愛高組新聞）に掲載された。「経歴」「老年」「惜別」はおのおの、「文學界」九四年九月号、九七年六月号、九九年新年号に掲載された。「微笑だけ」「自由に必要なものは」「空の下」「穏やかな日」「鷗外とサフラン」「午後の透明さについて」は、九七年より〇〇年まで、「巨福《こふく》」（鎌倉建長寺、年二回刊）66号—71号に連載された。「哀歌」は「湘南文學」九九年夏号に、「露伴先生いわく」は「ダ・ヴィンチ」九六年三月号に、「朱鷺」は「自動車とその世界」九五年264号に、「新聞を読む人」は朝日新聞九七年十月十五日号に、「意味と無意味」は「群像」九六年八月号に、「Passing By」は「ミッドナイト・プレス」九八年創刊号に、それぞれ掲載された。

あとがき

『一日の終わりの詩集』のモチーフとなったのは、今からちょうど百年前の、一日の終わりをえがいた「三人姉妹」（一九〇〇年）に、チェーホフののこした、問いともつぶやきとも言えぬ、無言のことばのようなせりふだった。

……こうして、生きていながら、何を目あてに鶴が飛ぶのか、なんのために子供は生まれるのか、どうして星は空にあるのか、――ということを知らないなんて。……なんのために生きるのか、それを知ること。――

それから百年の時をへたいまも、「三人姉妹」の……おんなじさ！　おんなじことさ！……それがわかったら、それがわかったらね！――という幕切れのせりふは、胸にひびく。ことばのちからは、どれだけ沈黙をつつめるかで、どれだけ言い表せるかとはちがうだろう。

よろこびを書こうとして、かなしみを発見する。かなしみを書こうとして、よろこびを発見する。詩とよばれるのは、書くということの、そのような反作用に、本質的にささえられていることばなのだと思う。

人生ということばが、切実なことばとして感受されるようになって思い知ったことは、瞬間でもない、永劫《えいごう》でもない、過去でもない、一日がひとの人生をきざむもっとも大切な時の単位だ、ということだった。

一日を生きるのに、詩は、これからも必要なことばでありうるだろうか。『一日の終わりの詩集』を、二十世紀という長い一日の終わりに編む機会をつくっていただいた、みすず書房の辻井忠男氏の励ましに感謝する。

（二〇〇〇年秋）

解説　一日という単位について

蜂飼　耳

まず『一日の終わりの詩集』というタイトルがすてきだ。昼間の喧騒《けんそう》と慌しさから離れて、ほっとひと息つくことができる時間に、ゆっくりひもとくことのできる本、というイメージがある。

一日、という単位がもっとも大切な時の単位だと、著者の長田弘は「あとがき」に記す。たとえば、瞬間、永劫《えいごう》、過去というような時の刻み方ではなく、一日という単位なのだ。それは、日々を大切に暮らしていくことや、一つ一つの出来事と丁寧に向き合う状態から生じる単位の感覚ではないだろうか。日没から夜明けへ、一日、一日、夜と昼との交替を数えるように生きていく歩みそのものが、そのままで価値あるもの、かけがえのないことだと、この詩集は告げている。

想像してみよう。一日という時の単位に着目する心には、前提として、たとえば、明日は来るだろうかという気持ちがあるように思われる。あるいは、たとえ明日が来ないとしても今日という日をせいいっぱい大切に、という受け止め方があるようにも思われる。「あとがき」の中の「一日を生きるのに、詩は、これからも必要なことばでありうるだろうか」という箇所を読んだとき、にわかに風が吹き幕がめくれて、奥にあるものが見えるように、著者が示そうとする詩境が、はっと見える気がした。まさにこの一日を生き切るための言葉として、詩というものが捉えられているのだ。

長田弘の詩を読んでいると、どちらかといえば説明的な叙述が続く中、ぐっと押しこむ感じがあって、反論できない。その通りだな、と思う感覚と、著者は強く確信してこう書いている、という印象が重なり、手をかけて揺さぶっても動かないブロックみたいな質感が残る。かなり倫理的かつ教訓的な記述が次から次へと紡ぎ出される世界だが、読み手が信頼するのは、それらをまっすぐ届けようとする手つきなのかもしれない。硬い作りの中から立ちのぼる柔らかさが心に残る。

「言葉」というタイトルの詩がある。「人をちがえるのは、ただ一つ／何をうつくしいと感じるか、だ。／こんにちは、と言う。ありがとう、と言う。／結局、人生で言えることはそれだけだ。」。さまざまな要素を削ぎ落とし、ここまでミニマムにして、見えてくるものはなんだろうか。

「魂は」という詩がある。「ひとが誤まるのは、いつでも言葉を／過信してだ。きれいな言葉は嘘をつく。／この世を醜くするのは、不実な言葉だ。／誰でも、何でもいうことができる。だから、／何をいいうるか、ではない。／何をいいえないか、だ。」。言葉が軽く扱われがちな時代、こうした警句的な詩句を記した著者の心は、静けさを保ちながらも不断の格闘を続けたといえる。「新聞を読む人」という詩には、「ことばというのは、本当は、勇気のことだ。」という一行がある。まぶしいほど直接的な表現だ。

「自由に必要なものは」という詩がある。「不幸とは何も学ばないことだと思う／ひとは黙ることを学ばねばならない／沈黙を、いや、沈黙という／もう一つのことばを学ばねばならない」。この詩集は、言葉と人とを結ぶ線を凝視《ぎょうし》しようとする。たとえばこの詩に見られる、沈黙を重んじる、といった考え方はなにも特別なものではなく、生きていればどこかで出会う考え方ではあるだろう。

けれど、長田弘が長田弘という詩人である由縁《ゆえん》は、じつはこういったところにあるのではないか。ありふれている考え方や、ある程度流通している判断の仕方であっても、それゆえに詩作品から外すのではなく、むしろ、ど真ん中に据えて詩の行から行へと渡っていく。大事だと思うから書く、それでいいではないか、とこの詩人はきっというだろう。「穏やかな日」という一編がすばらしい。やわらかな日差し、疎らな木の影、空。著者の詩に繰り返し登場する自然の情景が、ここで織り成すものは、普遍的であると同時に固有のものである一つの場だ。「何もかもが　はっきりと／すぐ近くに見えてくるような／ありありとした感覚に／つよくとらえられて／立ちどまる」。

この詩は「いま、ここに在ることが／痛切に　しきりに　思われる／穏やかな日」という三行で閉じられる。縮めようのない、この着地の言葉から、余韻がひろがる。生命の烈しさが澄明な響きの波紋をひろげ、やがて静まる。「いま、ここに在る」ことを感受する。その感受こそが、詩なのだ。在る、ということに、気づくというよりも、もう少し強く、しみじみと噛みしめる感じ、といえばよいだろうか。

この詩集の最後に置かれた一編「Passing By」に、「穏やかな日」の詩句と重なる言葉を見出せる。「いま、ここに在るという／感覚が、すべてだ。／どこにも秘密なんてない。」と。詩人が繰り返し書こうとしたものは「いま、ここに在る」感覚であり、それさえ描き出すことができれば、詩において望むものは他になかっただろう。そして、それこそは、詩と呼ばれるものが、追い求めながらも言葉によっては辿り着くことのできない境地なのかもしれない。

一日の終わり、というイメージは、「あとがき」によればチェーホフの「三人姉妹」から着想されたという。人間を取り巻く「なんのために生きるのか」という疑問、謎。「それがわかったら、それがわかったらね！」。答えには辿り着けない。幕切れのせりふは、長田弘の胸に留まり、やがて時を刻む単位として、一日という見つめ方が詩集になった。

一日。それは暮らしの基本的な単位だ。ゆえに、ささやかだが、人を根本に立ち返らせ、謙虚にさせる単位ではないだろうか。「いま、ここに在る」感覚と認識を照らし出す『一日の終わりの詩集』。この一冊の中に、いくつもの夜と昼があり、それを見つめる詩人のおもかげがある。一日、一日を、二度とないその日として生きるなら、何度でもこの詩集の言葉と出会うことになるだろう。

（はちかい・みみ／作家）

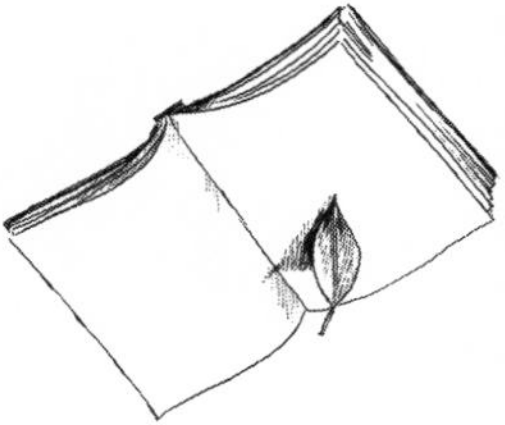

著書目録

◎詩集

『われら新鮮な旅人』　一九六五年思潮社
　二〇一一年（definitive edition）みすず書房
『長田弘詩集』（「われら新鮮な旅人」所収）
　一九六八年思潮社現代詩文庫
『メランコリックな怪物』
　一九七三年（限定版）思潮社
　一九七九年（増補版）晶文社
『言葉殺人事件』　一九七七年晶文社
『深呼吸の必要』
　一九八四年晶文社／二〇一八年ハルキ文庫
『食卓一期一会』
　一九八七年晶文社／二〇一七年ハルキ文庫
『物語』（長詩のみ・現代詩人コレクション）
　一九九〇年沖積舎
『心の中にもっている問題　詩人の父から子どもたちへの45篇の詩』一九九〇年晶文社
『世界は一冊の本』　一九九四年晶文社
　二〇一〇年（definitive edition）みすず書房
『続・長田弘詩集』（「メランコリックな怪物（定本）」「言葉殺人事件」所収）
　一九九七年思潮社現代詩文庫
『黙されたことば』　一九九七年みすず書房
『記憶のつくり方』
　一九九八年晶文社／二〇一二年朝日文庫
『一日の終わりの詩集』　二〇〇〇年みすず書房
　二〇二一年ハルキ文庫
『長田弘詩集』　自選、二〇〇三年ハルキ文庫
　二〇一九年（新装版）ハルキ文庫
『死者の贈り物』　二〇〇三年みすず書房
　二〇二二年ハルキ文庫

『人生の特別な一瞬』　二〇〇五年晶文社
『人はかつて樹だった』二〇〇六年みすず書房
『空と樹と』（画・日高理恵子）　二〇〇七年エクリ
『幸いなるかな本を読む人』　二〇〇八年毎日新聞社
『世界はうつくしいと』　二〇〇九年みすず書房
『長田弘詩集　はじめに…』　二〇一〇年岩崎書店
『詩ふたつ』（画・クリムト）　二〇一〇年クレヨンハウス
『詩の樹の下で』　二〇一一年みすず書房
『奇跡―ミラクル―』　二〇一三年みすず書房
『長田弘全詩集』　二〇一五年みすず書房
『最後の詩集』　二〇一五年みすず書房
『誰も気づかなかった』　二〇二〇年みすず書房

◎エッセー

『アウシュヴィッツへの旅』　一九七三年中公新書
『見よ、旅人よ』　一九七五年講談社／一九八六年朝日選書
『私の二十世紀書店』　一九八二年中公新書
一九九九年（定本）みすず書房
『詩人であること』　一九八三年岩波書店
一九九七年岩波同時代ライブラリー
『風のある生活』　一九八四年講談社
『一人称で語る権利』　一九八四年人文書院
一九九八年（定本）平凡社ライブラリー
『詩と時代　1961―1972』　一九八五年晶文社
『笑う詩人』　一九八九年人文書院
『失われた時代――1930年代への旅』　一九九〇年筑摩叢書
『散歩する精神』　一九九一年岩波書店
『読書のデモクラシー』　一九九二年岩波書店
『感受性の領分』　一九九三年岩波書店

『詩は友人を数える方法』一九九三年講談社
一九九九年講談社文芸文庫
『われらの星からの贈物』
一九九四年みすず書房
『小道の収集』一九九五年講談社
『自分の時間へ』一九九六年講談社
『詩人の紙碑』一九九六年朝日選書
『アメリカの心の歌』一九九六年岩波新書
二〇一二年（expanded edition）みすず書房
『本という不思議』一九九九年みすず書房
『私の好きな孤独』一九九九年潮出版社
二〇一三年（新装版）潮出版社
『子どもたちの日本』二〇〇〇年講談社
『すべてきみに宛てた手紙』
二〇〇一年晶文社
『読書からはじまる』
二〇〇一年日本放送出版協会
二〇〇六年NHKライブラリー
二〇二一年ちくま文庫
『アメリカの61の風景』
二〇〇四年みすず書房
『知恵の悲しみの時代』
二〇〇六年みすず書房
『本を愛しなさい』二〇〇七年みすず書房
『読むことは旅をすること　私の20世紀読書紀行』
二〇〇八年平凡社
『なつかしい時間』二〇一三年岩波新書
『本に語らせよ』二〇一五年幻戯書房
『ことばの果実』二〇一五年潮出版社
『小さな本の大きな世界』（絵・酒井駒子）
二〇一六年クレヨンハウス
『幼年の色、人生の色』
二〇一六年みすず書房

◎物語エッセー／絵本
『ねこに未来はない』（絵・長新太）
一九七一年晶文社／一九七五年角川文庫
『帽子から電話です』（絵・長新太）
一九七四年偕成社
二〇一七年（新装版）偕成社

『サラダの日々』
一九七六年角川書店／一九八一年角川文庫
『猫がゆく　サラダの日々』（絵・長新太）
一九九一年晶文社
『ねこのき』（絵・大橋歩）
一九九六年クレヨンハウス
『森の絵本』（絵・荒井良二）
一九九九年講談社
『森の絵本』対訳版（ピーター・ミルワード訳）
二〇〇一年講談社
『あいうえお、だよ』（絵・あべ弘士）
二〇〇四年角川春樹事務所
『肩車　長田弘・いわさきちひろ詩画集』
二〇〇四年講談社
『空の絵本』（絵・荒井良二）
二〇一一年講談社
『ジャーニー』（絵・渡邉良重　ジュエリー・薗部悦子）
二〇一二年リトルモア
『最初の質問』（絵・いせひでこ）
二〇一三年講談社
『ん』（絵・山村浩二）
二〇一三年講談社
『幼い子は微笑む』（絵・いせひでこ）
二〇一六年講談社
『水の絵本』（絵・荒井良二）
二〇一九年講談社
『風のことば　空のことば　語りかける辞典』（絵・いせひでこ）二〇二〇年講談社

◎対話／共著／編著など

『日本人の世界地図』（鶴見俊輔・高畠通敏）
一九七八年潮出版社／一九八六年潮文庫
一九九七年岩波同時代ライブラリー
『歳時記考』（鶴見俊輔・なだいなだ・山田慶児）
一九八〇年潮出版社
一九九七年岩波同時代ライブラリー
『旅の話』（鶴見俊輔）
一九九三年晶文社
『この百年の話　映画で語る二十世紀』（田中直毅）
一九九四年朝日新聞社
『映画で読む二十世紀　この百年の話』
二〇〇〇年朝日文庫

『対話の時間』（養老孟司・岸田秀・石垣りん・谷川俊太郎ほか）　一九九五年晶文社

『二十世紀のかたち　十二の伝記に読む』（田中直毅）　一九九七年岩波書店

『子どもの本の森へ』（河合隼雄）　一九九八年岩波書店

『本の話をしよう』（江國香織・池田香代子・里中満智子・落合恵子）二〇〇二年晶文社

『本についての詩集』（選）　二〇〇二年みすず書房

『問う力　始まりのコミュニケーション』（長田弘連続対談）　二〇〇九年みすず書房

『202人の子どもたち　こどもの詩2004―2009』　二〇一〇年中央公論新社

『ラクダのまつげはながいんだよ　日本の子どもたちが詩でえがいた地球』　二〇一三年講談社

◎翻訳

『はしれ！　ショウガパンうさぎ』（ランダル・ジャレル　絵・ウィリアムズ）　一九七九年岩波書店　一九九二年（新装版）岩波書店

『詩のすきなコウモリの話』（ランダル・ジャレル　絵・センダック）　一九八九年岩波書店

『クリスマスのおくりもの』（ジョン・バーニンガム）　一九九三年ほるぷ出版

『ことば』（アン&ポール・ランド）　一九九四年ほるぷ出版

『いっしょにきしゃにのせてって！』（ジョン・バーニンガム）　一九九五年ほるぷ出版／二〇〇六年瑞雲舎

『地球というすてきな星』（ジョン・バーニンガム）　一九九八年ほるぷ出版

『そらとぶいぬ』（ヒューズ　絵・ルーカス）　一九九九年メディアファクトリー

〈詩人が贈る絵本〉Ⅰ　全七冊

『白バラはどこに』（ガラーツ＋イーノセンティ）　二〇〇〇年みすず書房

『……の反対は？』（リチャード・ウィルバー）　二〇〇〇年みすず書房

『十月はハロウィーンの月』（ジョン・アップダイク）　二〇〇〇年みすず書房

『おやすみ、おやすみ』（シルヴィア・プラス）　二〇〇〇年みすず書房

『夜、空をとぶ』（ランダル・ジャレル）　二〇〇〇年みすず書房

『アイスクリームの国』（アントニー・バージェス）　二〇〇〇年みすず書房

『ジョーイと誕生日の贈り物』（アン・セクストン）　二〇〇〇年みすず書房

〈詩人が贈る絵本〉Ⅱ　全七冊

『私、ジョージア』（ジャネット・ウィンター）　二〇〇一年みすず書房

『人生の最初の思い出』（パトリシア・マクラクラン）　二〇〇一年みすず書房

『いちばん美しいクモの巣』（アーシュラ・K・ル＝グウィン）二〇〇一年みすず書房

『子どもたちに自由を！』（トニ＆スレイド・モリソン）　二〇〇二年みすず書房

『魔法使いの少年』（ジャック・センダック）　二〇〇二年みすず書房

『おばあちゃんのキルト』（ナンシー・ウィラード）　二〇〇二年みすず書房

『リンカーン　ゲティスバーグ演説』（絵・マイケル・マカーディ）　二〇〇二年みすず書房

『父さんと釣りにいった日』（クリーチ　絵・ラシュカ）　二〇〇二年文化出版局

『旅するベッド』（ジョン・バーニンガム）　二〇〇三年ほるぷ出版

『みんなのすきな学校』（クリーチ　絵・ブリス）　二〇〇三年講談社

『ハーメルンの笛ふき男』（ブラウニング

絵・デュボアザン）二〇〇三年童話館出版
『世界をみにいこう』（マイケル・フォアマン）　二〇〇三年フレーベル館
『バスラの図書館員　イラクで本当にあった話』（ジャネット・ウィンター）　二〇〇六年晶文社
『ルイーザ・メイとソローさんのフルート』（ダンラップ＋ロルビエッキ　絵・アゼアリアン）　二〇〇六年ＢＬ出版
『ビアトリクス・ポターのおはなし』（ジャネット・ウィンター）　二〇〇六年晶文社
『ちいさなこまいぬ』（キム・シオン）　二〇〇七年コンセル
『エミリ・ディキンスン家のネズミ』（スパイアーズ　絵・ニヴォラ）　二〇〇七年みすず書房
『なぜ戦争はよくないか』（ウォーカー　絵・ヴィタール）　二〇一七年（新装版）みすず書房
『アンデスの少女ミア　希望や夢のスケッチブック』（マイケル・フォアマン）　二〇〇八年借成社　二〇〇九年ＢＬ出版
『百年の家』（ルイス　絵・インノチェンティ）　二〇一〇年講談社
『この世界いっぱい』（スキャンロン　絵・フレイジー）　二〇一一年ブロンズ新社
『めっけもののサイ』（シェル・シルヴァスタイン）　二〇一一年ＢＬ出版
『いつでも星を』（レイ　絵・フレイジー）　二〇一二年ブロンズ新社

◎解説
『中井正一評論集』（長田弘編）　一九九五年岩波文庫
『新編　悪魔の辞典』（ビアス　西川正身訳）　一九九七年岩波文庫
『吟遊詩人たちの南フランス　サンザシの花が愛を語るとき』（W・マーウィン　北沢格訳）　二〇〇四年早川書房

本書は二〇〇〇年九月にみすず書房より単行本として刊行されました。
ルビは文庫化にあたり、編集部で付けたものもあります。
旧漢字は『長田弘全詩集』（みすず書房）を参照して、新漢字に変えました。

ハルキ文庫

お 9-5

一日《いちにち》の終《お》わりの詩集《ししゅう》

著者　長田《おさだ》 弘《ひろし》

2021年9月18日第一刷発行
2024年4月8日第四刷発行

発行者　角川春樹

発行所　株式会社角川春樹事務所
〒102-0074 東京都千代田区九段南2-1-30 イタリア文化会館

電話　03(3263)5247(編集)
03(3263)5881(営業)

印刷・製本　中央精版印刷株式会社

フォーマット・デザイン　芦澤泰偉
表紙イラストレーション　門坂 流

ISBN978-4-7584-4434-7 C0192 ©2021 Osada Hiroshi Printed in Japan
http://www.kadokawaharuki.co.jp/[営業]
fanmail@kadokawaharuki.co.jp[編集]　ご意見・ご感想をお寄せください。

長田 弘詩集

〈今日、あなたは空を見上げましたか。空は遠かったですか、近かったですか。（中略）時代は言葉をないがしろにしている——あなたは言葉を信じていますか〉（「最初の質問」より）——世界ときみとわたしと言葉の本質を、生と死を、深く鮮やかに斬り結ぶ、著者自選の珠玉の79篇を収録した、幸福で危険な文庫オリジナル版。あべ弘士によるイラストを46点収録。（エッセイ・角田光代　解説・池井昌樹）

食卓一期一会
長田 弘

〈食卓は、ひとが一期一会を共にする場。人生はつまるところ、誰と食卓を共にするかということではないだろうか〉（後記より）「天丼の食べかた」「朝食にオムレツを」「ドーナッツの秘密」「パイのパイのパイ」「アップルバターのつくりかた」「ユッケジャンの食べかた」「カレーのつくりかた」——美味しそうなにおい、色、音で満ち溢れた幸福な料理と生きることの喜びが横溢する、食べものの詩六十六篇。（解説・江國香織）

深呼吸の必要
長田 弘

きみはいつおとなになったんだろう——繰り返す問いのなかに、子ども時代のきらめきを掬いあげる「あのときかもしれない」。さりげない日々の風景に、世界の豊かさと美しさを書きとめる「おおきな木」。人生のなかで深呼吸が必要になったときに、心に響いてくる言葉たち。散文詩二章三十三篇からなる、幸福な言葉の贈りもの。長田弘の代表詩集。(解説・小川洋子)